I0551472

X

X

X

# DÉMOSTHÈNE.

## DISCOURS

# SUR LA CHERSONÈSE

### ET

## SUR LA PAIX.

### TRADUCTION FRANÇAISE

#### DE L'ABBÉ AUGER,

##### REVUE ET CORRIGÉE.

## PARIS.

### IMPRIMERIE ET LIBRAIRIE CLASSIQUES

#### DE JULES DELALAIN ET C<sup>IE</sup>,

FILS ET SUCCESSEURS D'AUGUSTE DELALAIN,

Rue des Mathurins-St-Jacques, N° 5, près la Sorbonne.

### M DCCC XL.

*Tous les Exemplaires sont revêtus de notre griffe.*

# DÉMOSTHÈNE.

## DISCOURS
## SUR LA CHERSONÈSE.

### SOMMAIRE.

Diopithe. chargé par les Athéniens de reprendre possession de la Chersonèse, et regardant comme un acte d'hostilité la protection que Philippe accordait à Cardie, l'une des principales villes de ce pays, qui refusait de se soumettre, avait usé de représailles contre ce prince, en faisant une incursion dans la Thrace maritime. Philippe alors occupé dans la haute Thrace à une guerre importante, écrivit aux Athéniens pour se plaindre de leur général. Les orateurs qui lui étaient dévoués accusèrent Diopithe d'avoir violé la paix et demandèrent à grands cris son rappel. La harangue de Démosthène a pour objet de défendre Diopithe, et en même temps d'animer les Athéniens contre le roi de Macédoine. —.

Y. II.

Il faudrait, Athéniens, que tous vos orateurs, sans affecter ni haine ni bienveillance pour personne, vous exposassent simplement l'avis qu'ils jugent le plus utile, surtout lorsque vous délibérez sur des affaires publiques et importantes. Mais puisque plusieurs d'entre eux ne sont poussés à la tribune que par un sentiment d'ambition, ou par d'autres motifs pareils, il faut que vous, insensibles à tout le reste, vous vous fassiez un

devoir de décréter et d'exécuter ce qu'exige l'intérêt de l'Etat.

Les affaires de la Chersonèse, et les expédi-
tions que Philippe fait dans la Thrace voici onze
mois, tel est l'objet principal de la délibération
présente : cependant la plupart des discours n'ont
roulé que sur les entreprises et les projets de Diopithe. On peut, selon moi, examiner à loisir les
fautes qu'on impute à des citoyens dont vous êtes
maîtres de hâter ou de différer la punition ; et il
n'est pas nécessaire qu'on s'en occupe sur l'heure.
Mais tout ce dont Philippe, notre ennemi, à la
tête d'une puissante armée dans l'Hellespont[1],
tâche de s'emparer, et que nous perdrons sans
ressource, si nous ne nous hâtons de le prévenir,
voilà sur quoi il vous importe de prendre au plus
tôt le parti convenable, sans vous laisser détourner
par des débats étrangers et tumultueux, par de
vaines imputations.

Parmi les propos singuliers qu'on vous tient
d'ordinaire, ce qui ne m'a pas le moins surpris,
c'est d'entendre dire, il y a quelques jours, dans
le sénat, qu'un orateur doit conseiller nettement la guerre ou la paix. Oui, sans doute,
si Philippe reste tranquille, s'il cesse d'envahir
nos possessions au mépris des traités, et de soulever contre nous tous les peuples, il faut, sans
plus discourir, faire la paix, et je n'y vois
aucun obstacle de votre part. Mais si nous avons
sous les yeux, et consignées dans des registres,
les conditions auxquelles la paix a été faite et
jurée ; si, avant le départ de Diopithe et des
citoyens envoyés en colonie, qu'on accuse d'avoir
rallumé la guerre, Philippe était convaincu, et

---

1 On appelait Hellespont, non-seulement le petit détroit
qui sépare l'Europe et l'Asie, mais encore les villes et les
pays d'alentour. La Chersonèse était dans le voisinage de
l'Hellespont.

cela par vos décrets qui déposent authentiquement contre ses injustices, de s'être emparé d'abord de plusieurs de nos places, de s'être attaché depuis et d'avoir soulevé contre nous les Grecs et les Barbares, que prétend-on en disant qu'il faut choisir entre la guerre et la paix? nous n'avons pas le choix; et il ne nous reste qu'un parti aussi juste que nécessaire, mais dont on affecte de ne point parler. Quel est-il? de repousser qui nous attaque. A moins qu'on ne dise que Philippe n'attaque pas notre ville, et ne rallume pas la guerre, tant qu'il ne touche ni à l'Attique ni au Pirée.

Si ce sont là, au jugement de quelques-uns, les règles de la justice et les conditions de la paix, qui ne voit clairement qu'une telle opinion, aussi absurde que contraire à l'équité et peu sûre pour vous, contredit encore les reproches dont on charge Diopithe? Car pourquoi permettrons-nous à Philippe de faire tout ce qu'il voudra, pourvu qu'il ne touche point à notre pays, et défendrons-nous à Diopithe de secourir les peuples de la Thrace, l'accusant, s'il le fait, de rallumer la guerre? Mais, dira-t-on, la conduite du roi de Macédoine ne justifie pas les violences de nos troupes mercenaires qui ravagent l'Hellespont; Diopithe a tort d'enlever les vaisseaux; il ne faut pas le souffrir. Oui, j'y consens, arrêtons cette licence. Je crois néanmoins que si l'on vous donne ce conseil par esprit de droiture et par amour de la justice, il ne suffit pas, en décriant auprès de vous le général qui est à la tête de vos troupes et qui leur procure la paye, de vous engager à congédier l'armée actuellement au service d'Athènes; on doit de plus vous prouver que Philippe congédiera la sienne, si vous déférez à cet avis. Sinon, pensez qu'on ne fait que jeter la république dans les mêmes inconvénients qui jusqu'ici ont ruiné nos affaires.

Car, sans doute, vous n'ignorez pas que rien jusqu'à présent n'a donné au prince plus d'avantage sur nous que sa diligence à nous prévenir. Toujours à la tête d'une armée sur pied, formant de loin ses projets, il attaque tout à coup ceux qu'il juge à propos. Ici, on ne se remue et on ne se prépare que quand on reçoit la nouvelle de quelque événement. De là, notre adversaire reste possesseur paisible de ce qu'il a une fois envahi; tandis que nous, manquant les occasions, perdant toutes nos dépenses, nous venons seulement montrer notre haine contre l'ennemi, notre dessein de l'arrêter; et, arrivés trop tard, nous ne remportons que de la honte. Soyez donc persuadés, ô Athéniens, que tous les vains discours dont on vous amuse, n'ont pour but que de vous enchaîner dans vos murs, afin qu'Athènes n'ayant pas d'armée en campagne, Philippe dispose de tout comme il voudra. Examinez, je vous prie, ce qu'il fait maintenant.

Il est dans la Thrace, à la tête d'un corps de troupes considérable; et, suivant le témoignage de gens qui voient les choses de près, il mande des renforts de Macédoine et de Thessalie. Si donc, attendant le retour des vents étésiens, il tombe sur Byzance, et l'assiége[1], croyez-vous que les Byzantins persévèrent dans leur folie, et qu'ils ne vous appellent pas à leur secours? Pour moi je ne puis le croire; et, à moins que Philippe

---

[1] L'événement justifia en tout point les prévisions de Démosthène. Philippe assiégea Byzance quelques années après ce discours. Byzance eut recours aux Athéniens; et Phocion, à la tête d'une armée, obligea Philippe de lever le siége. Nous avons déjà vu que les Byzantins entrèrent dans la ligue de Chio, de Cos et de Rhodes contre Athènes, et vinrent ensemble à bout de se soustraire à sa domination. Les Byzantins avaient donc lieu de supposer que les Athéniens, mécontents de leur conduite, pourraient, dans l'occasion, leur en marquer leur ressentiment.

ne les prévînt , quand même ils se défieraient de
quelques peuples plus que de nous , ils les rece-
vraient dans leur ville , plutôt que de la livrer
à ce monarque. Etant donc privés du secours que
nous ne pourrons leur envoyer , ou que nous
n'aurons plus sur les lieux , leur perte est in-
faillible. Un mauvais génie les aveugle , et ils
portent l'extravagance jusqu'à l'excès , je l'ac-
corde ; mais il faut les sauver , notre intérêt
l'exige.

D'ailleurs est - il bien sûr que le roi de Macédoine ne se jettera pas sur la Chersonèse ? A en
juger par la lettre qu'il nous a écrite , il veut se
venger de quelques habitants de cette île. Si nous
conservons nos troupes, elles pourront secourir
ce pays et attaquer le sien. Mais si une fois nous
venons à les disperser , quel parti prendrons-nous
s'il marche contre la Chersonèse ? Ferons-nous
le procès à Diopithe ? grands dieux ! mais à quoi
cela servira-t-il ? Partirons-nous d'ici pour la secourir ? mais si les vents nous en empêchent [1] ?
Philippe , dit-on , n'osera l'attaquer. Qui peut
nous en répondre ? Ne voyez-vous pas, Athéniens,
dans quel temps de l'année on vous conseille de
vider l'Hellespont , et de le livrer à ce prince ?
Mais si , au retour de la Thrace , il ne tombe ni
sur la Chersonèse ni sur Byzance ( car c'est encore
une chose qu'il faut prévoir ) , et qu'il aille attaquer Chalcide ou Mégare, comme il attaqua dernièrement Orée [2] ; vaut-il mieux le combattre
ici , en le laissant apporter la guerre dans l'Attique , que de le retenir en l'occupant au loin ? je
pense qu'il faut prendre le dernier parti.

[1] Apparemment qu'on touchait pour lors à l'été , qui est
la saison des campagnes, et dans laquelle régnaient les
vents étésiens , vents qui n'étaient pas favorables pour
aller d'Athènes dans la Chersonèse.

[2] Chalcide et Orée , deux villes puissantes de l'Eubée.

Convaincus de tout ce que je dis, loin de chercher à décrier et à licencier l'armée que Diopithe s'efforce de conserver pour la défense de l'État, vous devez l'augmenter vous-mêmes d'un nouveau renfort, envoyer de l'argent au général, et lui procurer à propos tout ce qui est nécessaire. En effet, si l'on demande à Philippe ce qu'il aimerait le mieux, ou que les troupes commandées par Diopithe, quelles qu'elles soient, je ne l'examine pas ici, fussent entretenues, renforcées, autorisées par la ville, ou qu'elles fussent réformées et dispersées sur de fausses accusations et de vains reproches; il choisirait, sans doute, le dernier parti. Il en est donc ici qui font précisément ce que pourrait souhaiter Philippe. Et vous demandez après cela ce qui a perdu nos affaires! je vais vous répondre avec sincérité, et vous mettre sous les yeux l'état présent de notre ville, et les désordres de notre conduite actuelle.

Nous n'avons ni la volonté de contribuer de nos biens, ni le courage de nous mettre en campagne; avides pour nous des revenus publics, nous laissons notre général manquer d'argent; au lieu de lui savoir gré de l'abondance qu'il se procure lui-même, nous nous attachons à observer ses démarches, à décrier ses entreprises, à blâmer les moyens dont il use pour réussir, et ainsi du reste. Disposés de la sorte, nous ne pouvons nous résoudre à ne nous mêler que de ce qui nous regarde; nous louons les orateurs zélés pour notre gloire, en même temps que nous soutenons ceux qui combattent leurs avis. Vous êtes dans l'usage de demander à ceux qui montent à la tribune, que faut-il donc faire? je vous demanderai moi, que faut-il donc dire? car si vous continuez à ne pas contribuer de vos biens, à ne pas vous mettre en campagne, à dissiper les revenus publics, à laisser manquer d'argent votre général, à lui faire

un crime de l'abondance qu'il se procure lui-
même ; si vous persévérez dans ce désordre, sans
pouvoir vous résoudre à ne vous mêler que de ce
qui vous regarde, je ne sais que vous dire. Que
si en ce jour vous permettez même aux calomnia-
teurs de Diopithe de l'accuser sur les projets
qu'on lui prête, si vous daignez écouter leurs
plaintes, que vous dira t-on ? il faut vous ap-
prendre ce que vous gagneriez à suivre leurs conseils : je vous parlerai avec franchise, je ne pour-
rais faire autrement.

Tous les généraux qui partent de vos ports
( j'attesterais ce fait à mes plus grands risques )
reçoivent une contribution des habitants de Chio
et d'Erythrée, et de tous ceux qu'ils peuvent, je
dis des Grecs asiatiques. S'ils n'ont qu'un ou deux
vaisseaux, la contribution est légère ; elle est
plus considérable, s'ils ont un plus grand nombre
de navires. Les peuples qui leur donnent peu ou
beaucoup, ne sont point assez insensés pour le
faire sans intérêt ; il achètent d'eux, par exemple, la liberté et la sûreté de leur commerce
maritime, l'avantage d'être escortés et défendus
contre les pirates. Tel est le fait, c'est par bienveillance, disent-ils, qu'ils nous donnent ; c'est de
ce nom qu'ils décorent leurs subsides. Il est certain
qu'aujourd'hui encore ils en fourniront tous à
Diopithe qu'ils voient à la tête d'une armée. Car
ne recevant rien d'ici, et n'ayant rien pour lui-
même, où voulez-vous qu'il prenne le pain des
soldats ? lui viendra-t-il du ciel ? il ne peut l'es-
pérer. Il les nourrit donc de ce qu'il prend, de
ce qu'on lui donne et de ce qu'il emprunte. Ses
accusateurs auprès de vous ne font donc qu'a-
vertir les peuples de ne pas reconnaître les ser-
vices qu'il leur a déjà rendus, soit en agissant
seul, soit en se joignant à eux, puisqu'on veut

le punir de ceux même qu'il se dispose à leur rendre.

Oui, c'est là le but des propos suivants : *Il doit former un siége ; il n'épargne point les Grecs*[1]. Qui d'entre eux s'intéresse si fort pour les Grecs asiatiques ? ils sacrifieraient donc à des étrangers les intérêts de la patrie. C'est encore là le motif de leur empressement à demander qu'on envoie dans l'Hellespont un général pour remplacer Diopithe, et pour le forcer de se démettre[2]. Eh ! si Diopithe est en faute, s'il enlève les vaisseaux ; un ordre, oui un simple ordre de votre part l'arrêtera tout court. Des lois nous ordonnent de poursuivre juridiquement de semblables prévaricateurs, et non pas, certes, d'armer contre eux des flottes à grands frais. De telles précautions contre des citoyens seraient le comble de la folie. C'est contre les ennemis, sur lesquels nos lois n'ont aucune prise, qu'il faut entretenir des troupes, armer des flottes, lever des subsides ; et il le faut de toute nécessité. Une dénonciation juridique, un décret, une révocation[3], voilà ce qui suffit contre nous autres.

1 *Il n'épargne point les Grecs* ; Démosthène dit, *il livre les Grecs*, sans doute aux violences et à l'avidité du soldat. Il faut supposer que Diopithe faisait des excursions chez les Grecs asiatiques, et qu'il en obligeait quelques-uns, par la force des armes, de fournir à l'entretien de ses troupes.

2 Il y a toute apparence que les ennemis de Diopithe l'avaient représenté comme un homme violent et impérieux, qui ne voulait pas obéir aux ordres de la république, et contre lequel il fallait équiper des galères pour l'obliger, par la force des armes, de revenir à Athènes. Ils voulaient donc que le général qu'on enverrait pour remplacer Diopithe, partît avec des troupes, afin qu'il pût le forcer de se démettre s'il faisait résistance. J'ai ajouté *et pour le forcer de se démettre* ; ce que ne dit pas Démosthène, mais ce qu'il suppose.

3 *Une révocation*, en grec, *la galère paralienne*, autrement la *galère sacrée*, qui servait à porter aux généraux

C'est là ce qui suffisait contre Diopithe, et ce que devaient proposer des hommes sages. Ce qu'on vous propose maintenant, ne peut venir en pensée qu'à des traîtres gagés pour vous nuire.

Qu'il y ait chez nous de pareils hommes, c'est une chose triste; mais ce qu'il y a de plus fâcheux, c'est que vous, Athéniens, vous nous écoutiez dans des dispositions aussi peu raisonnables. Quelqu'un monte-t-il à cette tribune, pour accuser Diopithe, Charès, Aristophon [1], pour rejeter sur eux, ou sur quelque autre, la cause de tous nos maux; vous ne manquez pas d'approuver ses discours et d'y applaudir. Un orateur parlant le langage de la vérité, vous demande-t-il à quoi vous pensez; vous dit-il que Philippe seul est la cause de tous vos maux et de vos embarras actuels, que vous n'avez plus rien à craindre s'il s'arrête dans sa course; sans pouvoir disconvenir de cette vérité, vous témoignez qu'elle vous choque, comme si elle vous portait un coup mortel. Il faut vous dire quel est le principe de ces dispositions; et puisque je vous parle pour votre avantage, que du moins je le fasse avec liberté. Quelques-uns de vos gouvernants vous ont rendus aussi ardents et aussi redoutables dans vos assemblées que lents et méprisables dans vos armements. Si donc on impute vos disgrâces à quelqu'un de vos citoyens, dont vous pouvez vous saisir, vous écoutez volontiers ce qu'on vous dit. Si on les rejette sur un prince qu'il ne vous est pas possible de réduire autrement que par la voie des armes, vous êtes embar-

les ordres de la république, et à les ramener quand ils étaient révoqués.

[1] *Charès*, *Aristophon*, deux généraux athéniens qui avaient beaucoup de vanité et peu de mérite. Il paraît que Démosthène était favorable au premier; car, dans toutes les circonstances, il tâche au moins de l'excuser, s'il ne le loue pas.

*1

rassés , et la vérité vous déplaît. Il faudrait , au
contraire , que vos hommes politiques vous accou-
tumassent à être doux et humains dans vos assemblées , puisqu'on y traite avec des citoyens et avec
des alliés ; et à ne vous montrer ardents et redoutables que dans vos armements , puisqu'alors il
s'agit de vaincre des rivaux et des ennemis. Mais ,
grâce aux adulations continuelles de certains
hommes et à leurs complaisances excessives , tandis que , dans vos assemblées , pleins d'une délica-
tesse superbe , vous voulez être flattés et n'écouter
que ce qui vous fait plaisir , vous éprouvez les
plus cruels embarras dans les affaires et les événe-
ments qui surviennent.

Cependant , j'en atteste les dieux , si chaque
peuple de la Grèce vous demandant compte des
occasions que vous a fait perdre votre négligence ,
vous disait : Athéniens [1], vous nous envoyez députés sur députés ; on nous représente de votre
part que Philippe en veut à notre liberté et à
celle de tous les Grecs , qu'il faut nous précau-
tionner contre ce monarque ; s'ils vous faisaient
tous ces raisonnements dont il faudrait reconnaître
la justesse , car notre conduite les justifie ; s'ils
ajoutaient: Eh quoi! ô les plus lâches des hommes !
depuis six mois entiers que le prince est hors de son
royaume , que la maladie [2], la rigueur de la saison
et la guerre l'empêchent d'y revenir , avez-vous
délivré l'Eubée , ou repris ce qui vous appartenait?
Tandis que vous restez chez vous oisifs , sains
d'esprit et de corps , si toutefois on peut être jugé
tel quand on agit avec aussi peu de force et de
raison , il a établi dans l'Eubée deux tyrans , l'un à

1 Athènes , alarmée des progrès de Philippe , surtout depuis la prise d'Olynthe , travaillait ouvertement ou secrètement à soulever tous les Grecs contre lui.

2 Philippe était pour lors dans la haute Thrace , où sans
doute il fut malade.

Sciathe[1], et l'autre en face de l'Attique pour la tenir en respect. Vous n'avez pas même, si vous ne pouviez rien de plus, traversé ses démarches ; mais, le laissant tout faire, lui abandonnant tout, vous avez assez fait connaître que, dût-il mourir mille fois, vous n'en agiriez point davantage. Pourquoi donc nous envoyer des députés ? pourquoi vous déchaîner contre le roi de Macédoine ? pourquoi nous fatiguer de vos plaintes ? Si les Grecs nous tenaient ce langage, que pourrions-nous répondre ? pour moi je ne le vois point.

Il est des gens qui croient embarrasser l'orateur en lui demandant ce qu'il faut faire. Voici ma réponse aussi courte que vraie et solide ; rien de ce que vous faites maintenant. Je vais néanmoins entrer dans des détails ; et puissiez-vous être aussi empressés à suivre de bons conseils qu'à les demander !

Avant toute chose, soyez bien persuadés, et là-dessus cessez de disputer les uns avec les autres, que Philippe a rompu la paix et qu'il nous fait la guerre, qu'il a de mauvais desseins contre nous, qu'il en veut à notre ville, à son sol, à tous ses habitants, à ceux même qui se flattent le plus d'avoir ses bonnes grâces. Que ces derniers jettent les yeux sur Euthycrate et Lasthène[2], citoyens d'Olynthe, qui, regardés d'abord comme ses meilleurs amis, ont péri misérablement après avoir livré leur patrie. Mais c'est surtout à notre

---

1 *L'un à Sciathe.* Sciathe, île de la mer Egée, qui était une des dépendances de l'Eubée. — *L'autre en face de l'Attique.* C'était à Orée, ville située en face de l'Attique.

2 Philippe aimait la trahison et n'aimait pas les traîtres. Euthycrate et Lasthène lui avaient livré leur ville. Appelés traîtres par ses soldats, ils lui en demandèrent justice ; mais il les paya de cette ironie plus piquante que l'injure dont ils se plaignaient : *Ne prenez pas garde,* leur dit-il, *à ce que disent des hommes grossiers, qui nomment chaque chose par son nom.*

gouvernement qu'il en veut, c'est à le détruire que tendent tous ses projets. Et l'on peut dire que sa conduite est conséquente. Il voit que, quand même il s'emparerait de tout le reste, il n'en sera jamais tranquille possesseur, tant que vous vivrez sous le régime démocratique; mais que dans un revers de fortune, comme il peut lui en arriver, les peuples qui ne le suivent maintenant que par force, se jetteront entre vos bras. Vous êtes portés par caractère non à vous agrandir, non à usurper la domination, mais à empêcher qu'un autre ne l'usurpe, à l'en dépouiller s'il en est saisi, et en général à traverser les projets des ambitieux, et à vouloir que tous les hommes soient libres. Philippe ne veut donc pas, et c'est raisonner en habile politique, non il ne veut pas avoir continuellement à craindre de notre amour pour la liberté. Nous, en conséquence, nous devons d'abord le regarder comme l'ennemi irréconciliable de toute démocratie, et nous bien convaincre d'une vérité qui nous fera donner aux affaires toute l'attention qu'elles demandent. Nous devons ensuite tenir pour certain, que c'est contre Athènes qu'il dispose et dirige toutes ses batteries, et que, dans quelque endroit qu'on cherche à l'arrêter, on agit pour nous. Nul de vous, en effet, n'est assez simple pour croire que de misérables villages dans la Thrace ( car de quel autre nom appeler Drongile, Cabyle, Mastire, et d'autres places qu'il a prises ou qu'il veut prendre? ) fassent l'objet de ses vœux, et que pour de telles conquêtes, il brave frimas, travaux, dangers. Quoi! les ports de notre ville, ses arsenaux, ses galères, ses mines d'argent [1], ses re-

---

[1] *Ses mines d'argent.* Ces mines étaient dans l'Attique, sur le mont Laurium. Elles étaient fort riches, et devenaient plus fécondes à mesure qu'on y creusait davantage. — *S'ensevelir dans des contrées affreuses*, en grec,

venus immenses, il les dédaignerait, il vous en
laisserait possesseurs paisibles ; et pour le seigle
et le millet de la Thrace, il irait s'ensevelir dans
des contrées affreuses, au milieu des glaces et des
neiges ! non, il n'en est pas ainsi ; mais c'est pour
s'emparer d'Athènes et de tous les avantages dont
elle est en possession, qu'il agit dans la Thrace
et ailleurs.

Que doivent donc faire des hommes sages,
trop convaincus des desseins d'un monarque ambitieux ? ils doivent s'arracher à cette indolence
excessive qui les perd, contribuer de leurs biens,
faire contribuer leurs alliés, travailler à conserver
les troupes qui sont encore sous les armes, afin
que, comme Philippe a une armée prête à attaquer tous les Grecs et à les asservir, vous en
ayez une, aussi, prête à les secourir et à les
sauver. Non, vous ne ferez jamais rien à propos
avec des milices levées à la hâte : il faut avoir une
armée sur pied, lui fournir des vivres et une caisse
militaire, prendre des mesures pour que cette
caisse soit bien régie, faire rendre compte à vos
questeurs de l'administration des deniers, ainsi
qu'à votre général des opérations de la campagne.
Agissez avec ardeur conformément à ce plan, et
vous forcerez Philippe, ce qui serait le mieux
sans doute, à observer les conditions de la paix,
et à se renfermer dans la Macédoine; ou du moins
vous le combattrez à forces égales.

On ne peut suivre un tel plan, dira quelqu'un,
sans qu'il en résulte de grandes dépenses, beaucoup de soins et de peines. Je l'avoue : mais, en
supputant les maux qui ne manqueront pas de
fondre sur notre ville, si nous refusons de prendre

_dans les souterrains de la Thrace._ Les Thraces creusaient
sous terre, pour y serrer leurs grains, des espèces de greniers
qu'ils appelaient _sirroi_ ou _siroi._

le parti convenable, on verra qu'il est de notre
avantage de nous y porter avec zèle. Oui, quand
même un dieu ( ici la parole d'un mortel ne pourrait suffire ), quand même un dieu nous répon-
drait que, quoique vous restiez dans l'inaction,
et que vous abandonniez tout à Philippe, ce
prince ne finira point par attaquer notre ville,
il serait honteux cependant, j'en atteste tout l'o-
lympe, il serait indigne de la gloire de notre république et des grands exploits de nos ancêtres,
de sacrifier à notre repos la liberté de tous les
autres Grecs. Pour moi, j'aimerais mieux mourir
que de vous donner un pareil conseil. Si un autre
vous le donne, et qu'il vous persuade, à la bonne
heure, n'armez point, abandonnez tout. Mais s'il
n'est personne qui ne rejette ce lâche sentiment, si
nous prévoyons tous que plus nous laisserons Philippe étendre ses conquêtes, plus nous trouverons
en lui un ennemi puissant et redoutable, pourquoi différer ? pourquoi temporiser ? Attendons-
nous pour agir que la nécessité nous presse? Mais
ce qui est vraiment une nécessité pour des hommes
libres, nous presse depuis longtemps, et n'a plus
besoin d'être attendu : loin de nous cette autre
espèce de nécessité faite pour les seuls esclaves !
Et en quoi l'esclave diffère-t-il ici de l'homme
libre? Pour l'un, la nécessité la plus pressante,
c'est l'appréhension du déshonneur, et je ne vois
pas qu'on puisse en imaginer de plus forte ; pour
l'autre, c'est la crainte du châtiment. Puissiez-
vous, Athéniens, ne jamais connaître cette der-
nière ! il n'est pas même séant d'en parler.

Je détaillerais volontiers les artifices dont usent
certains hommes puissants pour vous séduire : je
tairai les autres et ne citerai que celui-ci. Vient-on
à parler de Philippe, un d'eux se lève aussitôt. Que
la paix est agréable ! dit-il ; qu'il est fâcheux d'avoir
à entretenir des troupes ! on cherche à dissiper nos

finances. Ils vous tiennent ces propos et d'autres
semblables, par lesquels ils vous arrêtent, et laissent au monarque la liberté d'agir tout à son aise.
En conséquence vous goûtez le plaisir du repos et
de l'inaction, plaisir qui, peut-être, vous coûtera
bien cher; tandis que ces flatteurs obtiennent du
crédit auprès de vous, et l'argent de Philippe.
Pour moi, voici quel est mon avis : ce n'est pas
vous, qui par vous-mêmes n'êtes déjà que trop
pacifiques, qu'il faut exhorter à la paix, mais le
prince qui ne cesse de commettre des hostilités ;
si on le persuade, plus d'obstacle de votre part.
Et ce n'est pas ce que nous dépenserons pour nous
défendre, que nous devons regarder comme fâcheux, mais ce que nous aurons à souffrir, si
nous ne voulons rien dépenser. Enfin, c'est en
prenant des moyens sûrs pour conserver nos finances, et non en abandonnant nos intérêts, que
nous devons empêcher qu'elles ne se dissipent. Au
reste, je suis étonné que des malversations qu'il
vous est aisé de prévenir, et que vous serez toujours les maîtres de punir, alarment si fort cer-
taines gens ; tandis que Philippe qui envahit suc-
cessivement toute la Grèce pour tomber ensuite
sur nous, ne les alarme pas.

D'où vient donc qu'aucun de ces gens-là, voyant
le prince, toujours les armes à la main, commettre ouvertement des injustices, s'emparer de
nos places, ne l'accuse de violer la paix ; et que si
nous vous conseillons de l'arrêter et de ne pas lui
laisser le champ libre, ils nous reprochent de rallumer la guerre ? Voici leur motif. Ils veulent
faire retomber sur les citoyens qui vous donnent
les meilleurs avis, le mécontentement que pourront vous donner les inconvénients de la guerre
(car elle en entraîne, oui elle en entraîne beaucoup
après elle), ils veulent, en vous occupant à juger
ces citoyens, vous empêcher de réprimer le mo-

narque, et, en se portant accusateurs, échapper
eux-mêmes à la peine de leurs trahisons. Voilà ce
qui leur fait dire qu'il en est parmi nous qui veulent rallumer la guerre ; de là naissent les débats
qui vous animent les uns contre les autres. Mais je
sais, moi, qu'avant qu'aucun Athénien songeât à
proposer la guerre, Philippe a envahi plusieurs de
nos places, et que tout récemment encore il a
envoyé du secours aux rebelles de Cardie. Si cependant nous ne voulons point convenir qu'il nous
fait la guerre, il serait le plus insensé des hommes
s'il cherchait à nous en convaincre. Mais lorsqu'il
marchera contre nous, que dirons-nous alors? Il
dira, lui, qu'il ne nous fait pas la guerre. Il le
disait dernièrement aux Oritains, lorsque ses soldats étaient dans leur pays; il l'avait dit aupa-
ravant aux habitants de Phères, avant qu'il fût
devant leurs murailles; il le disait anciennement
aux Olynthiens, jusqu'à ce qu'il fût tout près de
leur ville à la tête d'une armée. Lorsqu'il sera à
nos portes, dirons-nous encore de ceux qui nous
exhortent à nous défendre, qu'ils rallument la
guerre? Il ne nous reste donc qu'à subir le joug :
car voilà le sort qui nous est réservé, si, tandis
qu'on nous attaque sans relâche, nous ne son-
geons pas à repousser la violence.

Ajoutez que vous risquez encore plus que les
autres peuples. Philippe ne veut pas seulement
asservir votre république, non, mais la détruire.
Il conçoit que vous ne voulez pas obéir, et que
vous ne le pourriez pas, quand vous le voudriez,
étant accoutumés à commander; il conçoit qu'à
la première occasion vous pourriez lui susciter
plus d'embarras que tous les Grecs ensemble. At-
tendez-vous donc de sa part aux dernières extré-
mités ; détestez et punissez ceux qui lui sont ven-
dus. Il n'est pas possible, non, il ne l'est pas,
que vous triomphiez des ennemis étrangers, avant

que d'avoir puni vos ennemis domestiques qui sont à leurs gages. Trouvant toujours ces derniers dans votre chemin, toujours arrêtés par les obstacles qu'ils vous offrent, vous serez infailliblement prévenus par les autres.

D'ailleurs, pourquoi pensez-vous que Philippe vous outrage dès à présent (car il me semble qu'il ne fait pas autre chose)? Pourquoi vous effraie-t-il déjà par des menaces, tandis que du moins il cherche à séduire les autres peuples en affectant de les obliger? Par exemple, c'est après une foule de bons offices, qu'il a jeté les Thessaliens dans l'esclavage. Qui pourrait dire combien il trompa les malheureux Olynthiens, en débutant par leur donner Potidée, et en y ajoutant depuis un si grand nombre de faveurs? Maintenant encore, après avoir délivré les Thébains d'une guerre longue et difficile, il les amuse en leur soumettant la Béotie. Tous ces peuples, dont les uns ont déjà souffert ce que tout le monde sait, et dont les autres souffriront bientôt ce que le sort leur prépare, ont du moins joui d'abord de quelques avantages. Quant à vous, sans parler de ce que le monarque vous a pris pendant la guerre, en quoi ne vous a-t-il pas trompés jusque dans la conclusion de la paix? Que ne vous a-t-il pas ravi? Ne s'est-il pas emparé de la Phocide et des Thermopyles? Dans la Thrace, ne s'est-il pas rendu maître de Dorisque, de Serrie, de la personne de Cersoblepte[1]? Ne domine-t-il pas à présent dans Cardie, et ne s'en glorifie-t-il pas? Pourquoi donc cette différence de procédés à l'égard d'Athènes? c'est que de toutes les villes grecques, la nôtre est la seule où il soit libre de parler

---

[1] Cersoblepte, roi de Thrace, allié d'Athènes. Quoique les Athéniens en eussent reçu la Chersonèse, ils le laissèrent, soit par négligence, soit par ingratitude, à la merci de Philippe, qui le fit prisonnier et le dépouilla de son royaume.

pour les ennemis, et où le traître, qui a reçu le
salaire de sa trahison, puisse plaider en toute sûreté
la cause de l'usurpateur devant ceux mêmes qu'il
dépouille. Il n'était pas sûr à Olynthe de parler
pour Philippe, quand le peuple n'en avait reçu
aucun service, et qu'il ne jouissait pas de Potidée. Il n'eût pas été sûr chez les Thessaliens de
parler pour Philippe, avant qu'il eût chassé leurs
tyrans, et qu'il les eût rétablis dans le droit amphictyonique. Il n'était pas sûr à Thèbes de parler
pour ce prince, avant qu'il eût soumis la Béotie
aux Thébains, et qu'il eût ruiné la Phocide. Mais
dans Athènes, quoique Philippe vous ait enlevé
Amphipolis et Cardie, quoiqu'il se soit fortifié
dans l'Eubée pour tenir l'Attique en respect, et
que même à présent il marche contre Byzance,
il est toujours sûr à nos orateurs de parler pour
lui.

Que dis-je ? c'est par-là qu'on a vu les par-
tisans de ce prince, d'obscurs et de pauvres qu'ils
étaient, devenir tout à coup riches et fameux,
et qu'au contraire, votre richesse s'est changée
en indigence, et votre gloire en opprobre. Car
c'est dans le nombre des alliés, c'est dans la con-
fiance et l'attachement des peuples que je fais
consister la richesse d'une république ; richesse
essentielle dont vous êtes absolument dépourvus.
Grâce à cette indifférence qui vous fait négliger
vos vraies ressources et qui ruine vos affaires,
Philippe est devenu heureux et puissant, formi-
dable aux Grecs et aux Barbares ; tandis que vous
êtes décriés, abandonnés, somptueux, il est vrai,
et magnifiques dans vos marchés, mais dignes de
risée et de mépris dans vos armements.

Je remarque, au reste, que plusieurs de vos orateurs ne prennent pas pour eux-mêmes les conseils
qu'ils vous donnent : ils vous exhortent à demeurer
en repos, quoique vous soyez attaqués, eux qui ne

peuvent s'y tenir au milieu de nous, quoiqu'on ne les attaque pas. Et après cela quelqu'un d'entre eux montant à la tribune, osera me dire : Vous ne proposez donc pas la guerre dans un décret ! Par un procédé lâche et timide, vous n'osez en prendre sur vous les risques ! Pour moi, bien éloigné d'être audacieux, impudent et effronté, je m'estime néanmoins plus courageux que ces hommes qui affectent tant d'assurance. En effet, juger, proscrire, proposer des largesses, intenter des accusations, sans égard à l'intérêt commun, cela ne demande aucun courage. On peut être hardi, quand on a pour garant de sa sûreté, la certitude de ne courir aucun risque, en ne disant et ne faisant rien qui ne vous soit agréable. Mais s'opposer souvent à vos volontés pour votre avantage ; n'être occupé que de vous servir, jamais de vous flatter ; choisir la partie des affaires dans laquelle la fortune domine plus que la raison, et se rendre responsable de l'une et de l'autre : voilà ce qui caractérise le citoyen utile, l'homme vraiment courageux ; et non, à l'exemple de plusieurs, vous faire sacrifier les plus grandes ressources de l'état à une satisfaction passagère. Loin que je me propose de telles gens pour modèles, loin que je les regarde comme des citoyens dignes d'Athènes, si on me demandait, qu'avez-vous fait pour la république ? Sans citer les vaisseaux que j'ai équipés, les jeux auxquels j'ai présidé, les contributions dans lesquelles je suis entré, les prisonniers de guerre que j'ai rachetés, et d'autres actions semblables ; je me contenterais de dire que, dans l'administration, je me suis frayé une route particulière ; que pouvant, ainsi que tant d'autres, accuser, flatter, proscrire, en un mot, faire ce que font la plupart, je ne me suis porté à aucun de ces actes, ni de mon propre mouvement, ni par ambition, ni par intérêt ; mais que je ne cesse de vous donner

des conseils qui, en diminuant ma faveur auprès
de vous, augmenteront votre gloire si vous les
suivez. Je puis parler de la sorte sans crainte de
choquer l'envie. Eh! me regarderais-je comme un
bon citoyen, si parmi les fonctions d'homme politique, je préférais celles qui, m'élevant aussitôt au premier rang dans ma ville, vous place-
raient au dernier dans la Grèce? Il faut qu'un bon
patriote n'ait d'autre but dans les conseils qu'il
donne, que d'illustrer sa république, et qu'il propose toujours les partis les plus utiles, non les
plus faciles. La nature conduit d'elle-même à
ceux-ci; au lieu que le citoyen intègre ne peut
porter aux autres ceux qui l'écoutent, sans recourir
aux raisons les plus fortes.

J'ai encore entendu dire à quelqu'un, que je
donnais les meilleurs avis, mais qu'après tout ce
n'étaient que des paroles, et qu'il fallait à la république des effets et des actions. Sur cela voici
mon sentiment, je ne le dissimule pas. Le devoir
d'un orateur se borne, selon moi, à vous donner
les meilleurs avis; et il est aisé de s'en convaincre
par cet exemple frappant. Vous savez, je pense,
que Timothée vous conseillait un jour de secourir
et de sauver l'Eubée, que les Thébains voulaient
asservir [1]. Voici à peu près ce qu'il vous disait:
« Vous délibérez, Athéniens, sur le parti que
vous avez à prendre, et les Thébains sont dans
l'île! ne couvrirez-vous pas la mer de vos vaisseaux? n'irez-vous pas sur l'heure au Pirée? ne

---

[1] Les Thébains, soutenus de la faction qui les avait appelés en Eubée, y subjuguaient déjà plusieurs villes, lorsque
la faction opposée demanda du secours aux Athéniens. Timothée, aussi grand capitaine que bon orateur, appuya for-
tement la demande, par un discours dont Démosthène rap-
porte ici un endroit remarquable. Le discours de Timothée
fit son effet. Les Athéniens secoururent l'Eubée avec la plus
grande ardeur, et réussirent.

vous embarquerez-vous pas ? » Voilà ce que disait Timothée ; vous avez agi : ses discours et vos actions ont fait réussir l'entreprise. Si donc Timothée vous eût donné le meilleur conseil, comme il fit alors, et que, livrés à l'indolence, vous n'eussiez rien fait, Athènes eût-elle obtenu les succès qui l'ont couverte de gloire? non, sans doute. Il en est de même de ce que d'autres et moi nous pourrions vous dire. L'orateur ne vous doit qu'un bon conseil, l'exécution ne regarde que vous.

Je vais faire un résumé de mon avis, et je cède la tribune. Je dis donc qu'il faut lever des contributions ; conserver les troupes qui sont actuellement sur pied ; corriger ce qu'on trouvera de mal, sans tout détruire pour satisfaire aux plaintes de quelques-uns ; envoyer de toutes parts des députés qui, servant l'État de leur mieux, instruisent et animent les Grecs. Avant toute chose, il faut punir les citoyens qui se laissent corrompre, les détester, les poursuivre partout et sans relâche, afin qu'on voie que les citoyens vertueux ont pris le bon parti pour eux-mêmes et pour les autres. Si vous agissez comme je dis, si vous cessez de laisser tout aller à l'abandon, peut-être, Athéniens, peut-être vos affaires changeront-elles bientôt de face. Mais si vous restez dans vos murs, aussi ardents pour étourdir l'orateur de vos applaudissements, que lents et tardifs quand il faut agir, je ne vois point de discours qui, sans action de votre part, puisse sauver la république.

# DISCOURS
# SUR LA PAIX.

## SOMMAIRE.

PHILIPPE voulait passer les Thermopyles et terminer la guerre de Phocide. Les Athéniens pouvaient mettre obstacle à ses projets : il leur fit proposer la paix. Deux factions divisaient alors la république d'Athènes ; les uns voulaient la paix, les autres s'y opposaient de toutes leurs forces. Cependant la paix fut conclue au grand avantage de Philippe. Le roi de Macédoine s'empare des Thermopyles, entre dans la Phocide dont il force les habitants à se rendre à sa merci. Il assemble à la hâte le conseil des Amphictyons, fait décréter la destruction des villes de la Phocide, et obtient le droit de séance au conseil amphictyonique dont les Phocéens sont déclarés déchus. Quelques peuples de la Grèce, entre autres les Athéniens, n'avaient pris aucune part à ce décret. Ce prince voulut faire confirmer son élection par les peuples qui, en qualité de membres de ce corps, avaient droit de rejeter le nouveau choix ou de le ratifier. Athènes fut également invitée à sanctionner la nomination de Philippe: dans l'assemblée qui fut convoquée pour délibérer sur cette demande, plusieurs étaient contraires au roi de Macédoine : Démosthène, bien qu'il n'approuvât point la paix qui avait été conclue, ne crut point qu'on dût la rompre dans la conjoncture présente. Il conseilla donc à ses concitoyens d'accorder à Philippe sa demande, et de ne point armer contre Athènes le nouvel Amphictyon ainsi que les peuples qui l'avaient nommé.                              V. H.

---

CE qu'il y a d'embarrassant et de difficile dans la délibération actuelle, ô Athéniens! c'est que, d'un

côté, nous avons fait par notre négligence bien
des pertes sur lesquelles il serait superflu de raisonner longuement, et que, de l'autre, ne pouvant nous accorder sur les moyens de conserver
ce qui nous reste, nous sommes toujours divisés
sur nos vrais intérêts. Mais ce qui augmente encore
l'embarras naturel, c'est que, au lieu de songer
comme tout le monde à prévenir le mal, vous ne
délibérez que quand le mal est fait. De là vient que,
en tout temps selon moi, tout en applaudissant à
l'orateur qui vous reproche vos fautes, vous laissez
les affaires vous échapper au moment même où il
semble qu'elles vous occupent. Malgré ces obstacles
de votre part, je me flatte ( et c'est ce qui me fait
monter à la tribune) que si, renonçant à tout esprit
d'opposition, vous voulez m'entendre avec la tran-
quillité d'un peuple qui délibère sur les intérêts de
la patrie, et sur les affaires de la plus grande
importance; je me flatte que mes avis et mes
discours vous mettront en état d'améliorer votre
situation, et de réparer vos pertes.

Je sais que, quand on le peut prendre sur soi,
il est un moyen facile de réussir auprès de vous;
c'est de vous parler de soi-même, et de vous rappeler les avis qu'on a ouverts dans l'occasion. Mais
ce moyen me déplaît si fort, qu'il me répugne
d'y avoir recours, quoique j'en voie la nécessité.
Je pense néanmoins que vous jugerez mieux des
conseils que je vous donne, si je vous rappelle
quelques-uns de ceux que je vous donnai par le
passé.

Et d'abord, Athéniens, lorsque, pendant les troubles de l'Eubée, on vous conseillait de secourir
Plutarque, et de vous charger d'une guerre aussi
dispendieuse que peu honorable, je fus le premier et le seul qui montai à la tribune pour m'y
opposer. Peu s'en fallut que je ne fusse mis en
pièces par ces perfides qui, par un vil intérêt,

vous engagèrent dans mille fautes énormes. Le déshonneur dont cette guerre vous couvrit, et les insultes que vous essuyâtes, telles que jamais peuple n'en éprouva de la part de ceux qu'il voulait secourir, vous firent bientôt reconnaître la perversité des citoyens qui vous avaient donné de mauvais conseils, et la bonté de mes avis.

Dans une autre occasion, voyant le comédien Néoptolème[1] obtenir de vous toute licence, grâce à son talent, porter à la république des coups mortels, faire tourner toutes vos forces et toutes vos ressources à l'avantage de Philippe, je parus encore et je dénonçai le traître sans nul esprit de haine et de malignité, comme l'événement le fit voir. Je ne m'en prendrai pas aux défenseurs de Néoptolème, puisque personne n'osa le défendre, mais à vous-mêmes, Athéniens. Quand vous eussiez assisté aux fêtes de Bacchus, et que vous n'eussiez pas eu à délibérer sur des affaires publiques et sur le salut de l'Etat, vous n'auriez pu nous écouter, lui avec plus d'intérêt, moi avec plus de répugnance. Aucun de vous néanmoins n'ignore maintenant que cet homme qui fit alors un voyage chez nos ennemis, sous prétexte d'aller recueillir en Macédoine l'argent qui lui était dû pour revenir ici s'acquitter des charges[2]; que

---

1 Néoptolème était en même temps bon poëte tragique et bon acteur. Démosthène le traite de simple comédien. Les comédiens et les poëtes avaient beaucoup de crédit auprès des Athéniens. Grands amateurs de spectacles, ils pardonnaient sans peine à quiconque savait les divertir. Le Néoptolème dont il est ici question, avait été nommé l'année précédente l'un des dix ambassadeurs de la république pour conclure la paix. Après avoir fait plusieurs voyages en Macédoine pour y exercer ses talents, il s'y établit enfin pour toujours.

2 Il est ici question des charges onéreuses, surtout de l'armement d'une ou de plusieurs galères à ses dépens, et de l'intendance des jeux. Il fallait être riche pour fournir aux dépenses de ces deux objets. Mais aussi les

cet homme qui se plaignait sans cesse, qui trouvait affreux qu'on fît un crime à quelqu'un d'aller recevoir ses dettes, que ce même homme, dis-je, ayant, à la faveur de la paix, réalisé les fonds qu'il possédait chez nous, alla s'établir auprès de Philippe avec toute sa fortune. Ces deux premiers faits, justifiés par l'événement, sont une preuve de la droiture et de la sincérité des discours que je vous tins alors.

Je vais vous rappeler, ô Athéniens, une troisième circonstance, après quoi j'entrerai en matière. Au retour de l'ambassade [1] où mes collègues et moi nous avions reçu les serments pour la paix, on vous promettait de la part de Philippe, qu'il rétablirait Thespies et Platée [2], qu'il conserverait les Phocéens quand il les aurait soumis, ruinerait la ville des Thébains, vous ferait rendre Orope [3], et vous donnerait l'Eubée en dédommagement d'Amphipolis [4]; on vous flattait d'espérances fri-

citoyens qui portaient ces charges, étaient plus distingués que les autres dans l'Etat. Les dignités et les premiers emplois étaient pour eux.

[1] Il y eut deux ambassades pour la paix, dont furent Eschine et Démosthène. L'une, pour savoir quelles étaient les intentions de Philippe, s'il était vraiment déterminé à la paix; l'autre, pour conclure la paix et la cimenter par la religion des serments. C'est au retour de cette seconde ambassade, qu'Eschine amusa le peuple des fausses promesses de Philippe, dont Démosthène fait ici le détail.

[2] Thespies et Platée, villes de Béotie, protégées par les Athéniens, et que les Thébains, ennemis mortels d'Athènes, avaient entièrement ruinées.

[3] Orope, ville sur les confins de la Béotie et de l'Attique. Elle avait appartenu aux Athéniens : ceux-ci la voyaient avec peine entre les mains des Thébains, qui s'en étaient emparés. Philippe promettait de la leur faire rendre.

[4] Amphipolis paraissait aux Athéniens d'une telle importance, qu'ils n'avaient point voulu jusqu'alors re-

voles et chimériques qui vous firent abandonner les Phocéens contre tout honneur et toute justice, contre vos propres intérêts [1] : pour moi, sans rien dissimuler, sans vous rien cacher de ce que je prévoyais, je vous annonçai nettement ( et vous devez vous en souvenir ) que j'ignorais toutes ces promesses du monarque, que je n'y croyais même pas, qu'enfin on vous amusait par de vaines paroles.

Si, sur tous ces points, j'ai mieux vu que les autres, je n'en tirerai pas vanité, et ne l'attribuerai pas à une rare prudence. Deux causes ont pu me rendre plus éclairé et plus prévoyant. La première, c'est la faveur de la fortune, dont le pouvoir est supérieur à toute la sagesse humaine, à tous les efforts du génie. La seconde, c'est la promptitude avec laquelle je juge et je parle de tout. Non, on ne pourrait prouver qu'un seul présent ait jamais influé sur mes discours et sur mes démarches dans l'administration. Ce qu'il y a dans les affaires d'avantageux pour l'État, s'offre donc aussitôt à moi. Mais si l'orateur qui pèse les intérêts publics a reçu quelque argent, cet argent agit sur son esprit comme un poids dans la balance ; il le précipite et l'entraîne, de sorte qu'il ne peut plus juger sainement des choses.

Au reste, voici mon avis dans la conjoncture présente. Soit qu'on veuille procurer à la répu-

noncer au droit et à l'assurance de la recouvrer quelque jour. La cession d'Amphipolis était un des articles du nouveau traité. Pour adoucir cette perte à laquelle le peuple était sensible, on publia que Philippe lui céderait l'île d'Eubée en dédommagement.

[1] Les Phocéens étaient alliés d'Athènes : d'ailleurs Philippe, maître de la Phocide, le devenait des Thermopyles, ce qui lui donnait les clefs de la Grèce. Les Athéniens devaient donc, par honneur et par intérêt, s'opposer à la ruine des Phocéens.

blique des fonds , des alliés ou d'autres ressources,
le premier soin qu'on doit avoir , c'est de ne pas
rompre la paix actuelle. Non que je la croie fort
avantageuse et digne de vous ; mais quelle qu'elle
soit , il était plus dans vos intérêts de ne point
la faire , que de la rompre aujourd'hui qu'elle est
faite. Car nous avons laissé échapper bien des
avantages qui , étant alors entre nos mains , nous
donnaient , pour la guerre , plus de sûretés et
de facilités que nous n'en aurions à présent. Nous
devons prendre garde , en second lieu , de jeter
les peuples qui composaient l'assemblée , et qui se
parent du titre d'Amphictyons [1] , dans la nécessité de nous attaquer tous de concert ; il ne faut
pas au moins leur en fournir le prétexte.

Si nous étions de nouveau en différend avec Philippe pour recouvrer Amphipolis , ou pour quelque
autre raison particulière , dans laquelle n'entre-
raient ni les Thessaliens , ni les Argiens , ni les
Thébains , je crois qu'aucun d'eux n'épouserait la
querelle du monarque , et moins encore que tout
autre ( qu'on me permette de le dire ) , les Thébains [2] eux-mêmes. Ce n'est pas qu'ils soient
bien intentionnés pour Athènes , ou peu jaloux
de plaire à Philippe ; mais ils savent , quelque stu-
pides qu'on les suppose , que , s'ils ont la guerre

1 Philippe, après avoir soumis les Phocéens, avait assem-
blé à la hâte les seuls Amphictyons qui lui étaient dévoués , et il leur avait fait décider , entre autres choses ,
qu'il jouirait du droit de séance au conseil amphictyonique , dont les Phocéens étaient déclarés déchus. Démosthène conseille aux Athéniens de ne pas irriter des peuples
qui auraient fait valoir leur titre d'Amphictyons pour se
liguer contre Athènes , sous prétexte de soutenir leurs décrets.

2 Les Thébains étaient aussi opposés aux Athéniens que
dévoués à Philippe : on pouvait donc être révolté de la pro-
position avancée par Démosthène.

avec les Athéniens, ils en supporteront tous les maux, tandis qu'un tiers [1] épiera et saisira le moment d'en recueillir le fruit. Ils ne s'exposeront donc pas à prendre les armes contre nous, à moins qu'ils n'aient tous des raisons pour partager la querelle. Si nous nous trouvions aux prises avec les Thébains pour la ville d'Orope, ou pour quelque autre de leurs possessions, nous n'aurions pareillement rien à craindre des autres Grecs. Ils nous secourraient même, nous ou les Thébains, si l'on nous attaquait injustement, mais non pas si nous voulions attaquer. On verra, pour peu qu'on y réfléchisse, que c'est là l'esprit des confédérations, et qu'elles sont nécessairement telles par leur nature. Nul peuple ne porte la bienveillance pour nous et pour les Thébains, jusqu'à vouloir qu'une des deux puissances, non contente de se maintenir, opprime sa rivale. Tous veulent pour eux-mêmes que nous ne soyons opprimés ni les uns ni les autres ; mais aucun ne voudrait que nous fussions les maîtres, et que nous dominassions dans la Grèce.

Qu'y a-t-il donc à craindre, et que doit-on éviter, selon moi ? de fournir aux peuples des sujets de plainte, et un prétexte commun pour marcher contre nous. Car si les Argiens, les Messéniens, les Mégalopolitains [2], tous les habitants

1 Ce tiers était Lacédémone qui, abattue par les batailles de Leuctres et de Mantinée, que les Thébains avaient gagnées contre elle, n'attendait qu'une occasion favorable pour se relever. Elle aurait sans doute profité d'une guerre entre Athènes et Thèbes, pour remettre sous le joug les peuples du Péloponnèse, que les Thébains en avaient affranchis.

2 Argiens, Messéniens, Mégalopolitains, tous peuples du Péloponnèse que les Thébains avaient affranchis de la domination des Lacédémoniens, sous laquelle ceux-ci voulaient les faire rentrer, en profitant de l'embarras que

du Péloponnèse qui sont du même parti, sont mal disposés pour notre république, parce que nous avons recherché l'alliance de Lacédémone, et que nous paraissons nous prêter à ses entreprises ; si les Thébains qui, comme on dit, nous haïssent naturellement, nous haïssent encore davantage parce que nous recueillons ceux qu'ils ont bannis [1], et qu'en toute manière nous manifestons à leur égard nos dispositions peu favorables : si les Thessaliens en veulent à notre ville [2] parce qu'elle reçoit les fugitifs de la Phocide, et Philippe parce qu'elle lui dispute le titre d'Amphictyon : je crains que toutes ces puissances, animées par un ressentiment particulier, ne se liguent contre Athènes, sous prétexte de défendre les décrets amphictyoniques, et qu'ainsi chaque peuple ne se porte légèrement à nous faire la guerre contre son propre intérêt ; ce qui est arrivé dans les troubles de la Phocide [3].

causait aux Thébains la guerre de Phocide. Ils avaient proposé à la ville d'Athènes une alliance dont elle ne paraissait pas éloignée. Les Athéniens inclinaient fort à favoriser, ils favorisaient même secrètement, sans oser le faire ouvertement, Lacédémone extrêmement affaiblie par les victoires d'Epaminondas, pour humilier Thèbes enorgueillie par ces mêmes victoires.

1 Plusieurs villes de la Béotie, dans le cours de la guerre Sacrée, avaient soutenu les Phocéens, contre les Thébains. Ceux-ci, devenus maîtres de ces villes à la fin de la guerre, en maltraitaient les habitants, dont la plupart se réfugiaient chez les Athéniens, leurs alliés.

2 Les Thessaliens avaient eu beaucoup de part à la guerre de Phocide. Ils devaient donc trouver mauvais qu'Athènes tînt un asile ouvert aux Phocéens, leurs ennemis.

3 La guerre de Phocide partageait la Grèce et durait depuis dix ans. Les deux partis étaient épuisés d'hommes et d'argent. Philippe, auquel les Thébains eurent recours, n'eut qu'à paraître pour terminer cette guerre longue et

Vous n'ignorez pas, je crois, que les Thébains, les Thessaliens et Philippe, sans avoir chacun le même but principal, ont tous concouru à la même fin. Les Thébains, par exemple, n'ont pu empêcher que Philippe, pénétrant jusqu'aux Thermopyles, ne s'emparât de ce passage, et que, venu le dernier, il ne leur ravît la gloire de leurs travaux : ils ont, à la vérité, acquis des possessions [1], mais ils ont perdu l'honneur. Comme ils ne pouvaient obtenir ce qu'ils désiraient qu'autant que ce prince serait maître des Thermopyles, quoique mécontents qu'il s'en emparât, ils l'ont souffert parce qu'ils voulaient acquérir Orchomène et Coronée, et qu'ils ne le pouvaient par eux-mêmes. Il en est qui prétendent que le roi de Macédoine a livré ces deux villes aux Thébains de force et non de gré. Pour moi je ne puis le croire, et je sais qu'en tout cela il n'avait rien plus à cœur que de s'emparer des Thermopyles, de passer pour avoir glorieusement terminé la guerre de Phocide, et de présider aux jeux pythiques [2] : c'est là ce qu'il ambitionnait surtout. Quant aux Thessaliens, ils ne voulaient l'agrandissement ni des Thébains,

sanglante, dont le succès lui fut aussi honorable qu'avantageux. Il lui valut le passage important des Thermopyles, le titre d'Amphictyon, et le droit de présider aux jeux pythiques.

1 Les Phocéens s'étaient emparés, dans la Béotie, de plusieurs villes que Philippe abandonna aux Thébains, après qu'il eut subjugué la Phocide.

2 Les jeux pythiques étaient des jeux qu'on célébrait tous les cinq ans en l'honneur d'Apollon Pythien, ainsi nommé parce qu'il avait tué le serpent Python. Les Amphictyons avaient dans ces jeux le titre de juges et d'arbitres. Philippe, comme nouvel Amphictyon, se fit adjuger le droit d'y présider, droit dont les Corinthiens, qui l'avaient eu jusqu'alors, étaient dépossédés.

ni de Philippe, qu'ils jugeaient nuisible à leurs affaires; mais ils désiraient de recouvrer le droit de séance et de suffrage à l'assemblée des Amphictyons [1], et pour parvenir à ce but ils ont secondé ce monarque dans ses projets. Ainsi des intérêts particuliers les entraînant chacun, les ont fait tous agir contre leur gré. D'après ces réflexions, il est constant que nous ne pouvons trop nous observer.

Mais devons-nous, par une lâche politique, souffrir qu'on nous fasse la loi? est-ce là, me dira-t-on, votre conseil? Non certes, Athéniens. Mais je pense avoir assez prouvé que je ne dis rien de déraisonnable, et qu'en suivant mon avis, vous ne ferez rien d'indigne de vous, que vous éviterez la guerre, et donnerez à tous les peuples une grande opinion de votre sagesse. Quant à ceux qui, peu inquiets des suites d'une guerre nouvelle, ne craignent point d'avancer que nous devons en braver les hasards, qu'ils écoutent ce raisonnement. Nous laissons Orope aux Thébains : si l'on nous demandait quel est notre vrai motif, c'est, dirions-nous, pour nous épargner les embarras de la guerre. Nous venons de céder par le traité de paix Amphipolis au roi de Macédoine ; nous souffrons que les Cardiens [2] se séparent des

---

1 Les Amphictyons s'assemblaient deux fois l'année ; le printemps à Delphes, et l'automne aux Thermopyles. Les Thessaliens, on ne sait pour quelle raison, avaient perdu le droit de séance à l'assemblée des Amphictyons ; ils obtinrent ou ils recouvrèrent ce droit par le crédit de Philippe, leur protecteur.

2 Cersoblepte, hors d'état de se maintenir contre Philippe dans la Chersonèse de Thrace, l'abandonna aux Athéniens, qui, pour mieux s'en assurer la possession, y fondèrent des colonies. Cardie, ville considérable du pays, quoique comprise dans le traité, refusa de s'y soumettre, et se jeta entre les bras de Philippe. Les

autres peuples de la Chersonèse ; que le roi de
Carie occupe les îles de Chio , de Cos et de Rhodes ; que les Byzantins enlèvent sur mer nos bâti-
ments ; et pourquoi cela ? sans doute parce que nous
pensons qu'il nous est plus avantageux de jouir de
la paix et du repos , que de nous susciter des
ennemis et d'émouvoir des querelles pour de semblables sujets. Ne serait-ce donc pas le comble de
la déraison que, pour un titre vain et chimérique [1], on vous vît braver en même temps toutes
ces puissances , vous qui, dans la crainte de les
offenser chacune séparément , sacrifiez des intérêts chers et essentiels ?

Athéniens , qui redoutaient ce prince, souffrirent, quoiqu'avec peine , que cette ville s'exceptât de la loi com-
mune de . la Chersonèse.

1 En grec, *pour une ombre dans Delphes. Pour une
ombre*, c'est le nom que Démosthène donne par mépris
au titre d'Amphictyon, qu'il regardait comme n'étant
plus qu'une ombre, un titre vain et chimérique. Il ajoute
*dans Delphes*, parce que les Amphictyons s'assemblaient
à Delphes une fois l'année.

www.ingramcontent.com/pod-product-compliance
Lightning Source LLC
Chambersburg PA
CBHW060843180626
46818CB00004B/1559